AF466087

NOS FILS

OU

DE LA NÉOTOCRATIE

EN HAÏTI

NOS FILS

OU

DE LA NÉOTOCRATIE

EN HAÏTI

LETTRES AU GOUVERNEMENT PROVISOIRE ET AU RÉDACTEUR EN CHEF DU *CONSTITUTIONNEL* (DE PORT-AU-PRINCE)

PAR

Linstant **PRADINE**

AVOCAT

PARIS

IMPRIMERIE DE E. DONNAUD

9, RUE CASSETTE, 9

1876

PRÉFACE

I

Enfin, cette fois c'est pour de bon : la gérontocratie a fait son temps. L'auteur de la brochure de 1860, dédiée à la jeunesse haïtienne, en avait tiré l'horoscope et signalé l'avénement, dans un avenir prochain, des jeunes gens au pouvoir. A l'apparition de ce petit livre, les vieux prirent peur, et poussèrent le cri de détresse. « Ingrats, dirent-ils, pourquoi nous mettre au rancart?
» Nous avons été comme vous, jeunes, actifs, agiles ;
» alors nous avons pacifié la Grand'Anse, le Nord,
» réuni l'Est à la République, constitué l'unité natio-
» nale, fait reconnaître notre indépendance, nous avons
» donné les Codes au pays; nous étions partout où les
» événements réclamaient notre présence; nous avions
» en quelque sorte le don d'ubiquité. Nous pouvons
» encore être bons à quelque chose : les améliorations
» sont l'œuvre du temps. » — « Arrière ! répondirent
» les jeunes, le temps ne vous a donné que du ventre;
» il a engourdi vos jambes qui ne peuvent plus vous

» porter, et vous êtes obligés de vous faire hisser sur » votre cheval. Ingrats, dites-vous? ingrats vous-» mêmes; car nous pourrions, à l'instar des Peaux-» Rouges, vous assommer comme inutiles et encom-» brants à la communauté; arrière, et laissez-nous » prendre notre place au soleil. » Et la révolution de 1843 se fit. Les révolutionnaires, dans leur enthousiasme, à côté de l'ère de l'indépendance, inscrivirent sur les drapeaux de la République, l'an 1er — et unique, hélas! — de la régénération d'Haïti.

Mais on ne gouverne pas vingt-cinq ans un pays sans s'y être créé une clientèle, des disciples, des séides, sans y avoir fait école. La gérontocratie, un instant écartée du pouvoir, y rentra suivie du ban et de l'arrière-ban de ses adeptes, et commença, à son tour contre ses adversaires, une guerre d'extermination où elle mit en usage tout ce que sa vieille expérience lui suggéra de ruse, d'astuce, d'irascibilité. La jeunesse imprudente et généreuse accepta la lutte à poitrine découverte; elle y perdit ses plus braves et ses plus nobles représentants. La voie était tracée. Tous les chefs qui depuis se sont succédé au pouvoir, n'y sont parvenus — à l'exception de Soulouque — qu'à l'aide de coups de main, toujours facilement exécutés, grâce au concours du peuple, alléché par les promesses de bien-être et de régénération consignées dans de verbeux manifestes et des programmes menteurs. Aussi l'histoire de la République d'Haïti, depuis 1843, est-elle curieuse à étudier au point de vue ethnologique, philosophique et moral. Nous n'avons pas l'intention d'entreprendre cette tâche laborieuse. Mais le doigt sur le pouls de ce petit Etat d'à peine 600,000 habitants, la philanthropie, presque découragée, se demande avec inquiétude s'il conservera encore longtemps son autonomie à ce régime de guerre civile auquel il se livre avec un si effrayant entrain. Nous croyons notre jeune patrie douée d'assez de vitalité pour surmonter toutes les difficultés qui entravent son développement normal, et détruire les germes délétères qui se sont introduits dans son sein. Qu'on avise au plus tôt; que chacun s'arme d'une foi nouvelle, car la morale publique — par suite la morale privée — se pervertit; le bien, le mal, le juste, l'injuste se confondent. Les ambitions les plus malsaines se montrent au grand jour, avec une effronterie qui stupéfie et déroute les plus vieilles sociétés de l'Europe. Les mots de la langue dont on se sert sont détournés de leur acception vraie et usuelle : un fripon, un escroc, n'est plus qu'un malin; un délateur, un traître, qu'un bon patriote; et des règles même les plus élémentaires de l'arithmétique administrative on ne pratique que la soustraction.

Ce langage, je le sais, paraîtra un peu sévère; il ne sera pas du goût de ceux que la vérité effraye. D'aucuns même en saisiront avec empressement l'occasion pour débiter leurs tartines humanitaires et déclarer dans leur jargon patriotique que je dénigre le pays où je suis né, et qu'ils ne savent pas comment mon assertion y sera reçue. Le chirurgien consulte-t-il l'humeur du patient, prête-t-il l'oreille à ses imprécations, lorsque, pour le sauver, il juge utile d'amputer un membre gangrené? L'esprit qui a dicté le discours prononcé le 17 juillet 1876 par le président de l'Assemblée nationale, diffère-t-il de ce que je dis ici?

Ce n'est pas à ceux qui ont vécu ou qui vivent encore d'abus qu'il faut demander des réformes. Les flatteurs des peuples ne sont pas moins dangereux que ceux des Chefs d'Etat. Ce n'est pas à moi que l'on apprendra ce que c'est que le culte de la patrie, et quelque *peu disposé que l'on soit à entendre quoi que ce soit dont le sentiment national ait à souffrir*, je crois remplir un devoir en montrant le mal et en en réclamant le remède. Lorsque les Grégoire et les Brissot, etc., attaquèrent la traite, les patriotes d'outre-mer et de la métropole même, ne répétaient-ils pas qu'ils étaient de mauvais Français et qu'ils voulaient la ruine des Colonies? Lorsque plus tard les Isambert, les Broglie, les Schœlcher commencèrent leur campagne contre l'esclavage, d'autres patriotes ne firent-ils pas entendre de longues et énergiques protestations, leur reprochant aussi d'être de mauvais Français et de prendre les intérêts des nègres contre ceux des blancs.

Je n'ai besoin de solliciter de personne un certificat de patriotisme, encore moins de l'illustre publiciste qui préside aujourd'hui aux destinées du *Constitutionnel* (de Port-au-Prince). Ce serait, il me semble, de bon goût de laisser à d'autres le soin de me reprocher d'aimer la France. Et pourquoi ne l'aimerais-je pas, cette France où j'ai de si bons amis; cette France si grande, si généreuse, si hospitalière, si *assimilante* ; cette France dont j'ai vu et partagé les douleurs en 1870 ? Quoi ! aimer la France, c'est ne pas aimer Haïti ! Aimer sa femme, c'est cesser d'aimer sa mère ! N'est-ce donc pas donner à cette mère toujours adorée une nouvelle preuve de mon dévouement que de vouloir qu'elle se débarrasse des verrues qui la déparent, qu'elle efface de ses institutions les traces de ressentiment devenues un anachronisme, et dont la persistance est une injure à la philanthropie et une barrière à la civilisation ? Si par cela seul qu'on a planté sa tente en Haïti, on est devenu complétement indifférent au sort de la colonie où l'on a reçu le jour, où l'on a passé sa première enfance, tant pis pour le cœur sec qui peut si facilement oublier. Pour moi, je n'ai pas de tente plantée en France; mais sous celle que j'ai trouvée toute plantée en Haïti par mes ancêtres, et que je continuerai à consolider en y prêchant la concorde, l'union entre nous tous, membres de la même famille, le culte du beau, du bien, du bon, je ne cesserai jamais d'aimer la France, de me réjouir de son bonheur et de m'affliger de ses désastres. Quoi qu'en dise le *Néo-Haïtien*, cet amour embrasse toutes les colonies qu'abrite le drapeau tricolore; car de tradition, nous les considérons comme des sœurs, et beaucoup de leurs fils comptent avec gloire dans les fastes de notre histoire.

L'éminent rédacteur en chef du *Constitutionnel* de Port-au-Prince a consacré quatre colonnes et demie à répondre à ma lettre. Abondance stérile! Il n'a fait que s'amuser aux bagatelles de la porte et effleurer en passant le fond de la question. Il n'a essayé qu'en tremblant de se justifier d'avoir imprimé, sans mon autorisation, une lettre privée adressée à Septimus Rameau, consacrant, par la persistance même qu'il met à défendre un acte illicite, et à s'autoriser de l'approbation publique, ce que j'ai dit de l'abaissement du niveau moral du pays.

« Mauvais signe lorsqu'un malade ne sent pas son mal. »

Pour y parvenir, il me donne le titre d'homme public, de délégué et me suppose même des appointements élevés, sachant de source certaine que rien de tout cela n'est vrai.

« Bon! dire des choses fausses voilà un diagnostique qui nous manquait pour la confirmation de son mal, et ceci pourrait bien dégénérer en manie. »

Et qu'on veuille bien le remarquer, il était placé pour être exactement informé.

Enfin, voyant ceci, voyant cela et voyant d'autres choses encore, ce qu'il a constamment vu depuis qu'il est en Haïti, il n'a pu s'empêcher de se demander *si ce n'était là un signe de décadence morale et d'abaissement*: voilà pour le pouvoir tombé. — Mais quand *bientôt après* il a vu ceci, il a vu cela et beaucoup d'autres choses encore, *il a dû revenir de sa mauvaise impression, et reconnaître avec bonheur qu'Haïti n'avait rien perdu de sa vitalité, et que chez elle les nobles aspirations étaient tout aussi vivaces que jamais* : voilà pour le soleil levant, pour le pouvoir nouveau ; voilà ce que dit le rédacteur du *Constitutionnel*, et qu'ai-je dit autre chose ? Un coup de pied au lion à terre, un coup d'encensoir au pouvoir qui surgit.

« Mais, laissons Chapelain pour la dernière fois. »

II

Je ne crois pas aux manifestes et aux programmes révolutionnaires, encore moins aux professions de foi politiques que les actes ne tardent jamais à démentir. Je n'adore pas les fétiches ; mais j'aime la jeunesse, parce que j'ai été jeune et que je me sens revivre en elle ; parce qu'elle est destinée à continuer, en la perfectionnant, l'œuvre de ses aînés ; je l'aime avec ses illusions généreuses, ses enthousiasmes, je l'aime avec son audace, sa fougue même. Et c'est parce que je l'aime ainsi que toutes les fois que j'aperçois quelque part un danger, que son inexpérience l'empêche de découvrir, je n'hésite jamais à le lui signaler et à lui crier : « Gare ! » que je la redresse lorsque je la vois faire fausse route. Ma voix est peut-être rude, sévère ; elle n'a pas la douceur féline de celle des flatteurs toujours prêts à exploiter sa crédulité ; mais elle est sincère, elle est vraie, elle part du cœur. Ce n'est pas aimer ses enfants que d'en caresser les défauts ou d'en atténuer les vices. « Le talent comme l'activité est donné à l'homme pour le » bien de ses semblables; il n'est pas plus permis » d'abuser de l'esprit pour corrompre, que du pouvoir » pour opprimer. »

Mais la jeunesse n'implique pas nécessairement la capacité. Un travail sérieux, opiniâtre, *improbus labor*, est utile aussi à quiconque aspire à administrer un jour la chose publique. En vain alignerez-vous, en faveur du progrès, et de la liberté, des phrases sonores que vous aurez retenues de lectures plus ou moins bien digérées, vous n'êtes pour cela ni des hommes d'Etat, ni des hommes pratiques; vous êtes simplement les émules d'élèves de rhétorique. Consentez donc à humilier un peu votre orgueil en apprenant ce que vous ignorez. Vous n'êtes pas tous des prodiges, et la nature est avare des Bonaparte, des W. Pitt, des Victor Hugo. Souvenez-vous de ces paroles de M. Guizot : « La liberté » n'est pas un bien qu'on acquierre ou qu'on défende » en se jouant; et si l'homme y arrive après n'avoir » porté dans ses premiers travaux que des dispositions » molles ou impatientes, elle refuse de lui livrer l'hon» neur et les avantages qu'il s'en était promis... Nous » savons qu'elle ne souffre ni la langueur des âmes, ni » la légèreté des esprits, et que les générations labo» rieusement studieuses dans la jeunesse deviennent » seules des générations d'hommes libres. »

III

Si l'on peut avec une certaine exactitude augurer de l'avenir d'un jeune homme par son début dans le monde, on peut, avec non moins d'exactitude, juger de la tendance d'un gouvernement nouveau, par ses premiers actes.

La révolution qui vient de s'accomplir en Haïti ne diffère en rien de tous les coups de main dont nous avons été témoins depuis 1843. Plus on change et plus c'est la même chose. En voyant les articles louangeurs des journaux ressuscités, les discours, les professions de foi, etc., nous avons reconnu et salué nos vieilles connaissances : « Une ère nouvelle s'ouvre, etc. » — Hélas ! il y a bien trente-trois ans que cette ère s'ouvre pour se refermer tout aussitôt. — Beaucoup de réformes en promesses, que sais-je, enfin? « Prenez patience, » nous crie-t-on ; mais c'est ce que nous disaient aussi tous les pouvoirs précédents. Que sont-ils devenus? Demandez plutôt ce que sont devenues les neiges d'antan.

Le gouvernement provisoire était composé exclusivement de jeunes intelligences impatientes de faire briller l'esprit nouveau qui les animait. Aucun mélange d'éléments surannés ne contrariait leurs aspirations. Nous sommes donc parfaitement placés pour juger de ce qu'il a fait durant son passage au pouvoir. Il y a mis du zèle, nous aimons à le constater; du zèle intelligent, nous n'oserions l'affirmer. Mais tout cela ne suffit pas dans la haute gestion des affaires publiques, si l'on n'y est arrivé avec ces qualités acquises dont parle M. Guizot.

Domingue avait à peine quitté le sol natal, que l'on a vu les hommes politiques à qui une branche importante de l'administration du pays avait été momentanément confiée, s'empresser de mettre en question la légalité de l'emprunt contracté en France par le gouvernement qui venait d'être renversé; c'était méconnaître un contrat revêtu de toutes les formes solennelles exigées par les lois et la constitution du pays; c'était en un mot traiter Haïti absolument comme le bon P. Lorriquet avait traité l'*Histoire de France*.

Que le pays n'ait pas bénéficié de l'emprunt, que Septimus Rameau s'en soit approprié la totalité ou la plus grosse part, c'est criminel, sans doute ; mais en quoi tout cela peut-il nuire à la régularité du contrat? en quoi son extranéité a-t-elle favorisé cette dilapidation? Un pareil emprunt fait — si c'était possible — dans le pays, aurait-il plus échappé à la rapacité du vice-président du conseil? Qu'on se fût borné à déclarer qu'on voulait désormais administrer le pays, de telle sorte qu'il n'eût plus besoin d'emprunter ni à l'extérieur ni à l'intérieur, c'eût été beau, c'eût été, en tout cas, l'expression d'un noble sentiment patriotique; mais renvoyer aux Chambres qui allaient se réunir, la solution de la question de l'emprunt, n'était-ce pas déclarer d'avance qu'on le répudiait? C'est ainsi qu'on le comprit de ce côté-ci de l'Atlantique et même en Haïti. Mais tandis que l'on disait, d'un côté, qu'on ne voulait plus contracter à l'étranger au taux ruineux de 15 ou 9 p. 100 l'an, de l'autre, on prenait sur place de l'argent à 5 p. 100 par mois; et c'est le *Constitutionnel* (de Port-au-Prince) qui a levé ce lièvre.

Quoi qu'il en soit, les usuriers, les prêteurs à la petite semaine, les pêcheurs en eau trouble, en Haïti, se réjouirent du langage au moins imprudent des hommes d'État du gouvernement provisoire, et, brodant sur ce canevas, ils déclarèrent à leur tour — quelques-uns en plein Paris — qu'il fallait tuer le crédit haïtien sur les marchés étrangers. Ils y réussirent au delà de leurs désirs, et bien plus tôt qu'ils ne l'avaient espéré. Et au moment où nous écrivons ces lignes, ce crédit est anéanti en Europe, et fortement endommagé en Haïti même.

IV.

Cependant le bruit circule dans le pays que plus de quatre millions de l'emprunt avaient été versés à la caisse de la légation haïtienne. Le bordereau en avait, en effet, été envoyé par notre chargé d'affaires à Paris. Plus de doute, le fait est officiellement constaté. Dès lors, les imaginations sont en campagne. Par une indiscrétion dont nous ne nous expliquons pas le but, ce bordereau est publié avec force insinuations malveillantes pour le chargé d'affaires, par un petit journal financier édité à Bruxelles, lequel passait, à tort ou à raison, pour être l'organe sinon officiel, du moins officieux, du gouvernement provisoire. Cet article est reproduit *in extenso* dans les journaux haïtiens. Le ministère voit tout, entend tout. Pour dissiper les incertitudes, redresser l'opinion prête à s'égarer, déjouer la malveillance, il avait peu de chose à faire : rendre public le compte qu'il avait reçu de l'emploi des 4 millions par le chargé d'affaires, en vertu d'ordres et de traites du gouvernement d'alors : il n'en fait rien. Et chaque Haïtien que l'on rencontre encore aujourd'hui dans les rues ou sur les boulevards de Paris, vous adresse imperturbablement cette question : « Que sont devenus les millions de l'emprunt versés par le Crédit général français à la légation haïtienne? »

Dans tous les cas, on ne voit pas trop pourquoi ce gouvernement provoire aurait pris plus de souci de la réputation de son agent à Paris, lorsqu'il n'a pas hésité lui-même à sacrifier le crédit du pays.

Mais ce qu'il y a de bizarre, c'est qu'après avoir tué dans les rues de Port-au-Prince, l'un des ministres responsables, et laissé les autres partir tranquillement pour Kingston (Jamaïque), l'on soit venu demander — à dix-huit cents lieues et à Paris — compte de l'emploi que l'emprunteur haïtien a fait des fonds que le prêteur français lui avait confiés.

Le gouvernement provisoire était évidemment dévoyé ; il était sous l'impulsion d'une fausse doctrine en consultant sa passion plutôt que la raison politique, en agissant comme si depuis Nissage Saget, aucun autre pouvoir régulier n'avait existé, aucune constitution n'avait régi le pays ; que tout ce qui avait été fait dans l'*intérim* devait être considéré comme nul et non avenu — toujours le P. Loriquet. — C'est ce qui explique les fautes que nous mettons au compte de ce gouvernement ; fautes qui peuvent, nous le craignons, être plus tard invoquées comme précédents par des chefs de mauvaise foi. « Les mauvaises doctrines, a dit M. de Frayssinous, » sont bien autrement redoutables que les mauvaises » actions, » car « l'exemple peut bien entraîner au vice, » mais il ne le justifie pas ; il donne plus d'audace, » mais sans étouffer le remords. Pour les mauvais » principes, ils tendent à légitimer, à sanctionner le » crime, à rendre les hommes méchants par système, » à donner au vice le calme de la vertu. »

Mais le pays n'a pas complétement perdu tout instinct du beau, du bien. Instruit par les malheurs passés, il divorcera une bonne fois avec la routine qu'il a jusqu'ici suivie. Sa jeunesse est pour lui une garantie de longévité, pourvu toutefois qu'elle consente à fermer l'oreille aux charlatans politiques, à mettre dans ses procédés moins d'injustifiable présomption ; pourvu qu'elle cesse d'agir avec cette légèreté qui ne lui a encore procuré que d'amères déceptions, et qu'elle soit bien persuadée que l'avenir n'appartient réellement qu'à ceux qui savent attendre.

PREMIÈRE LETTRE

Paris, le 22 mai 1876.

A Monsieur le Président de la République d'Haïti, Port-au-Prince.

MONSIEUR LE PRÉSIDENT,

En paix avec ma conscience, ne craignant pas l'examen le plus sévère des gens de bien que j'estime, défiant les hâbleries et les attaques des envieux, des fripons et des pleutres que je méprise, j'ai ordonné ma vie de telle sorte que je puis à tout instant en rendre compte à Dieu et aux hommes. Ne vous étonnez donc pas, si, ayant appris que le gouvernement se propose de m'interpeller sur les prétendus gains que j'ai faits dans l'emprunt contracté en France par la République, je viens vous déclarer que je me mets entièrement à votre disposition, prêt à répondre de tous mes actes devant n'importe quelle autorité il vous plaira déléguer pour m'entendre.

Et tout en commençant, permettez-moi, monsieur le Président, de vous exprimer mon indignation de ce que, faisant abstraction de ceux qui, en leur qualité de Secrétaires d'Etat, avaient la manipulation des fonds de l'emprunt, et de celui qui avait, comme délégué du gouvernement, présidé à cette opération — tous gens officiels et responsables — on songe à moi pour les prétendus bénéfices que j'en ai tirés. Les gains ! ceux qui aujourd'hui en parlent si à leur aise, me mesurent probablement à leur aune; ils font du patriotisme à bon marché; ils jouent le respect des deniers publics, tandis qu'en réalité ils sont fâchés de n'avoir pas été mis à même d'exercer dans cette opération leur industrie et leur savoir-faire, peut-être même de n'avoir pas réussi à faire accepter leurs propres projets d'emprunt. Les millions ! mais à entendre ces scrupuleux, ces vertueux de la dernière heure, le produit tout entier de l'emprunt est dans nos poches, et la République, seule engagée, n'en a rien vu. Que faisaient alors les ministres responsables, les sénateurs, les représentants, contrôleurs nés des actes de l'administration, durant cette dilapidation sans vergogne et sur une si vaste échelle?

Et c'est lorsque, plongés sans doute dans de mesquines questions personnelles et d'intérêt privé, les réformateurs ont laissé aller en liberté les agents officiels et responsables du gouvernement déchu, qu'ils se rabattent sur moi, qui n'ai figuré qu'officieusement dans la négociation de l'emprunt, pour aider à son succès par des explications et des renseignements utiles? Pourquoi intervertir l'ordre des responsabilités? Pourquoi n'en pas faire subir directement les conséquences à ceux qui ont joui des honneurs et des avantages des positions lucratives qu'ils ont occupées ?

Questions délicates et difficiles à résoudre. C'est que, dans notre pays, il n'y a malheureusement que les abus qui persistent. Soulouque et Geffrard renversés du pouvoir, on s'est attaqué à leurs biens personnels que l'on a mis sous séquestre ou vendus, et on a renvoyé en paix leurs ministres responsables, en se contentant de leur dire : « Allez et ne péchez plus. »

Peut-être croirez-vous, monsieur le Président, que je

vous présente ici ma justification ou mon apologie. Pas plus l'une que l'autre; et, pour dissiper tout scrupule qui pourrait naître à ce sujet dans votre esprit, je le déclare hautement : Oui, à la Chambre dont j'ai fait partie, j'ai été le défenseur le plus ardent de l'emprunt, j'ai contribué à en faire accepter le contrat; oui, à Paris, je suis intervenu toutes les fois que je l'ai cru utile, pour en hâter la réussite; parce que j'y voyais le seul et le plus prompt moyen d'exonérer le pays des charges qui pesaient sur lui; de racheter un précédent emprunt de trois millions de piastres, payant nominalement un intérêt de 32 p. 100 l'an, tandis qu'en réalité et par le trafic des bons du trésor, le pays en payait 60 ou 62 p. 100; j'y voyais encore l'unification de la dette nationale, et par conséquent un moyen de simplifier notre administration financière et de réaliser les réformes que jusque-là on n'avait fait que promettre; je maintiens encore en ce moment que le gouvernement peut relever son crédit fortement endommagé et faire placer facilement les obligations restantes, en fondant une banque nationale qui sera le couronnement de l'œuvre; non une banque à la façon Septimus Rameau, mais une banque sérieuse, telle qu'elle avait été proposée et qu'elle avait été rejetée, parce qu'on y voyait un contrôle efficace et une entrave aux orgies financières que l'on avait commencées et que l'on s'était proposé de continuer.

Le contrat une fois signé par le Crédit général français et les cessionnaires de l'emprunt, je n'ai plus eu à m'occuper de l'émission des obligations. Je n'en suivis pas moins les travaux afin de m'en faire une idée exacte.

Sur ces entrefaites arriva le délégué du gouvernement, homme dont l'ignorance en matières de finances égalait presque l'entêtement et la présomption. Il ne m'appartient pas de faire ici l'historique de la conduite de cet agent. Le Crédit général français en a adressé un rapport détaillé au gouvernement précédent. Toujours est-il que, en présence des exigences inqualifiables du délégué, les travaux d'utilité publique — une des prévisions du contrat — durent être écartés, ce que les parties contractantes préférèrent accepter plutôt que de les confier aux mains rapaces d'un homme qui, dans le cours de toutes les négociations, n'avait eu en vue qu'un intérêt sordide.

Vous avez sous les yeux le contrat d'emprunt accepté par le gouvernement et sanctionné par la Chambre, ainsi que le règlement qui a été fait après l'émission. Y trouve-t-on rien de contraire aux intérêts du pays? Toutes les stipulations n'en ont-elles pas été fidèlement observées ? La République d'Haïti a-t-elle la prétention que les capitalistes français lui prêtent leur argent rien que pour lui être agréable et sans l'espoir d'en tirer aucun profit? Si donc les intérêts de l'emprunteur ne sont pas lésés, peut-il entrer dans le domaine de ses appréciations l'usage que le prêteur fait de ses bénéfices? Il est de même évident qu'il n'appartenait pas davantage au Crédit général français, aux cessionnaires de l'emprunt, encore moins à moi et à d'autres, de régler l'emploi des sommes payées par le Crédit général pour l'acquit des traites tirées sur lui par le gouvernement.

Fermez, monsieur le Président, fermez l'oreille aux récriminations rétrospectives de certaines gens qui essayent toujours de profiter du trouble inhérent à l'installation de tout gouvernement nouveau pour assiéger le chef de l'Etat de leurs protestations pseudo-patriotiques, et le rendre complice de leurs passions.

Pour moi, grâce à Dieu, je n'ai pas eu besoin jusqu'à présent d'un emprunt du gouvernement, pas plus que des fonds gagnés illégitimement, pour venir en Europe lorsque mes affaires m'y appelaient. J'ai occupé dans mon pays des fonctions élevées et je les ai résignées les mains toujours pures. Que ceux qui calculent aujourd'hui les sommes fabuleuses que m'a procurées l'emprunt d'Haïti, se présentent à moi la face découverte et me montrent leurs mains.

Je m'arrête, monsieur le Président, tout en vous renouvelant la déclaration que je vous ai faite en commençant, que je me tiens à votre disposition, et je vous prie de croire aux sentiments de respect avec lesquels,

J'ai l'honneur de vous saluer en la Patrie.

Linstant PRADINE.

DEUXIÈME LETTRE

Paris, le 15 juin 1876.

A Messieurs les Membres du Gouvernement Provisoire, Port-au-Prince (Haïti).

MESSIEURS,

Ma lettre du 22 mai dernier était adressée au Président de la République, parce qu'à cette date, je pensais qu'il y en avait un, par cela seul que le pays était intéressé à sortir le plus tôt possible du provisoire, état qui dénature infailliblement les révolutions les plus légitimes, en ce qu'il donne aux animosités haineuses autant que peu scrupuleuses, le loisir de se satisfaire, aux mécontents de recommencer leur travail souterrain, aux partis celui de revenir de leur surprise et de se reconstituer. J'avais, en outre, écrit cette lettre sous l'impression des avis que j'avais reçus que je devais être appelé à rendre compte des prétendus gains que j'avais faits dans l'emprunt contracté en France par la République d'Haïti, et je tenais alors à bien déterminer ma part de concours dans cette affaire.

Il paraît que ces avis n'étaient pas exacts et que mes appréciations étaient erronées, car j'ai sous les yeux le Décret du gouvernement provisoire, en date du 27 avril 1876, lequel « *considérant qu'il est de notoriété publique* » *que sous le gouvernement du général Michel Domingue,* » *le trésor public a été dévalisé par les comptables de*

» *l'administration* » que « *les Secrétaires d'Etat et les* » *hauts fonctionnaires dans l'ordre administratif se sont* » *enrichis aux dépens de la caisse publique,* » me met, moi Linstant Pradine, « *en accusation, saisit provisoi-* » *rement et met sous séquestre mes biens tant meubles* » *qu'immeubles, etc., etc.* »

Je reviendrai plus tard, Messieurs, à ce prodigieux Décret que vous avez signé sans en avoir vraisemblablement lu les motifs, à moins que, les ayant lus, vous n'ayez tenu aucun compte du dispositif. Quoi qu'il en soit, et bien que le sujet chatouille et tente outre mesure ma plume, je me fais violence et je me borne, pour le présent, à continuer — pour votre plus grande édification — à vous entretenir spécialement de l'emprunt. Cette méthode vous permettra d'examiner de nouveau cet exorbitant décret du 27 avril, et de revenir du trouble que n'ont pas dû manquer de jeter dans vos esprits les doléances et les patriotiques jérémiades sur le sort malheureux de ce trésor public, vide des millions qu'il est obligé de rembourser sans en avoir encaissé un traître denier ; de comprendre la nécessité de vous prémunir désormais contre les insinuations malveillantes de gens qui, sous le masque hypocrite du désintéressement, sont bien aises de faire de tout pouvoir nouveau l'instrument de leurs lâches passions ; de mettre enfin à leur place véritable les charlatans qui croient posséder la science, parce qu'ils ont de la mémoire, qui se croient profonds, parce qu'ils sont creux, et qui croient faire de grandes choses, parce que, dans leurs discours, ils emploient de grandes phrases.

C'est par suite de ces présomptueuses dispositions, qu'à peine l'émission des obligations de l'emprunt annoncée, l'on a vu s'abattre ici des personnages qui s'étaient figuré que les fonds en étaient déjà entassés quelque part, les attendant pour satisfaire et réaliser, dans cette capitale des merveilles, les rêves dorés de leur ambition. Et lorsque, déçus dans leurs espérances et leurs projets, ils se sont mis à crier que l'emprunt avait été dévoré par d'autres qui s'étaient levés plus matin, ils ont trouvé des âmes candides pour répéter que l'emprunt n'avait rien produit au pays.

Une autre erreur provenant, non plus de l'ignorance, mais de la mauvaise foi, a été mise en circulation par les pseudo-économistes du terroir : « Quoi, ont-ils dit, nous avons emprunté 50 millions, et l'on veut nous en faire payer 80? Nous sommes volés! » Et les mêmes âmes candides de s'écrier en chœur : « Nous sommes volées ! »

Eh bien, Messieurs, simplifions le problème pour qu'il soit à portée d'un plus grand nombre d'intelligences ; qu'il ne soit pas question de millions, que beaucoup de ceux qui en parlent pourraient peut-être à peine compter ; supposons seulement un instant, qu'au lieu de 15 p. 100 que nous payons au Crédit général français, et pas un sou de plus, nous ayons emprunté 100 piastres à 6 p. 100 l'an, taux légal en matières de commerce, abstraction faite de la commission et autres menus frais. Au bout de quarante ans, n'aurions-nous pas payé 240 piastres? Et les économistes du terroir n'auraient-ils pas les mêmes raisons de se plaindre que la caisse publique a été mise au pillage, parce que, pour 100 piastres reçues, elle en aurait réellement payé 240 d'intérêts ou 340, capital compris?

Et veuillez remarquer, Messieurs, que je suppose

l'intérêt de 6 p. 100 payé régulièrement chaque année et non capitalisé, autrement ce ne serait plus 340 piastres, mais bien 744 que la caisse publique aurait eu à rembourser.

Oh! délivrez-nous, Seigneur, des demi-savants, des jongleurs politiques et financiers, des gens qui parlent *ab hoc* et *ab hac* de tout et le reste!

Mais comment se fait-il qu'un premier emprunt de 3 millions de piastres, contracté en août 1874, à un intérêt nominal de 32 p. 100, mais en réalité à 60, 62 p. 100 au moyen des transactions sur les bons du trésor, bons compensables et autres effets, n'ait soulevé aucune objection, tandis que le second, contracté à 15 p. 100 net d'intérêt par an, avec amortissement — ce qui allége chaque année les charges de l'État — n'ait rencontré qu'anathème? L'intérêt de 32, 60, 62 p. 100 serait-il, aux yeux de nos calculateurs, moindre que celui de 15 p. 100? Pourquoi pas? N'a-t-on pas vu, en juin 1859, un ministre des finances mettre en adjudication, au Port-au-Prince, les cafés du 5e de l'Etat, et préférer 45 francs les cent livres, à 51 francs qui lui en avaient été offerts? Ne pourrait-on pas, au besoin, citer d'autres exemples plus récents de cette arithmétique originale?

Est-ce le capital de 50 millions qui cause cette terreur! Voyons :

En 1825, Boyer s'engage à payer à la France 125 millions d'indemnité, réduite plus tard à 60 millions; il emprunte de la maison Lafitte 25 millions pour en payer le premier terme. Il est renversé du pouvoir, laissant dans le trésor du Port-au-Prince, 1,200 mille piastres, ou 6 millions 400 mille francs; aussi le taxait-on d'avarice :

on a depuis bien fait du chemin dans le sens contraire. Son successeur, Ch. Hérard aîné, est renversé à son tour, accusé timidement d'avoir entamé la somme laissée par Boyer. Guerrier meurt et Pierrot lui succède. Celui-ci est renvoyé de la présidence que l'on confère à Riché. Jusque-là, pas un mot de dilapidation, il y en avait bien, mais elles étaient de si peu d'importance, qu'on ne les jugeait pas dignes d'être dénoncées; d'ailleurs les mutations de présidence étaient devenues presque des révolutions de palais. Riché mort, Soulouque est élu président, et il se fait ensuite empereur. On s'en fatigue et on l'expulse du pays. Le régime démodé des manifestes révolutionnaires est remis en vigueur : le trésor est, par conséquent, trouvé vide. Geffrard prend le chemin de Kingston (Jamaïque), suivi de l'accusation de détournement de deniers publics. Salnave passe comme une trombe sur le pays et sur le trésor, Nissage Saget laisse le pouvoir à l'expiration du terme constitutionnel; il fallut que la caisse se trouvât vide aussi. Enfin Domingue s'embarque, cette fois pour Saint-Thomas, laissant sur le pavé du Port-au-Prince le cadavre de son neveu. La révolution triomphante proclame encore que le trésor public a été trouvé dans un état de vacuité complète, et que le pays obéré est menacé de banqueroute.

Ainsi, à chaque mutation de président, le trésor est régulièrement trouvé vide, les revenus en ont été gaspillés. Quel est l'Etat européen, la France ou l'Angleterre, par exemple, qui eût subi périodiquement et si abondamment, sans succomber, tant de saignées financières? Et cependant il suffit presque toujours de quelques mois d'une administration un peu régulière, pour que la République d'Haïti se remette à flot ; c'est le seul Etat du nouveau monde qui, malgré ses perturbations politiques, s'acquitte encore de ses engagements, et dont la dette publique soit relativement insignifiante.

Aussi ne comprend-on pas, en France, l'opportunité de ce cri de détresse plus qu'imprudent, jeté officiellement par le gouvernement provisoire, dans le *Moniteur haïtien* du 13 mai. On trouve que n'ayant pour mission, comme l'implique son titre, que de maintenir l'ordre public, pourvoir aux besoins les plus urgents de tous les services, jusqu'à l'avènement du pouvoir définitif, ce gouvernement s'est trop hâté de vouer aux dieux infernaux une comptabilité sur laquelle il n'a pu avoir le temps de jeter le moindre coup d'œil, de sonner le tocsin, dont l'écho répercuté partout est de nature à compromettre très-gravement le crédit du pays.

Mais moi qui n'ai pas à pénétrer dans les profondeurs des arcanes d'aucun gouvernement provisoire ou définitif, qui n'ai à sonder les intentions de personne, je reprends le sujet dont je m'étais écarté un instant, et j'affirme que les ressources du pays, loin de justifier les frayeurs vraies ou simulées consignées dans la *Gazette*, offrent au contraire des consolations et des espérances qui peuvent être aisément réalisées. Mais il ne suffit pas de posséder des ressources, encore faut-il les faire valoir, les administrer sagement. Il faut donc prendre le contre-pied de ce qui a été jusqu'ici pratiqué en Haïti : rendre moins accessible aux avides convoitises le maniement des deniers publics ; ne pas tant crier : au voleur ! comme à une foire, afin de ne pas passer soi-même pour larron ; ne pas laisser échapper les vrais prévaricateurs que l'on a eus sous la main, pour se donner ensuite le plaisir de lancer sa prose contre d'imaginaires coupables ; invoquer un peu moins de théories creuses et se montrer plus hommes pratiques ; ne pas faire de la guerre civile une industrie, ne pas dissiper dans des attaques et des accusations réciproques, un temps qui pourrait être plus utilement employé à réformer certaines institutions surannées, afin d'en faire désormais des barrières sérieuses aux dilapidations et aux concussions ; respecter la liberté de chacun afin que tous puissent se livrer avec sécurité à un travail honnête ; ne pas se contenter de reléguer au bas des proclamations et des manifestes révolutionnaires les mots si doux d'union, de concorde, de fraternité, tout en se faisant un échange fraternel de coups de fusil, de baïonnette et de revolver, et en s'envoyant les plus gratuites et les plus atroces accusations ; enfin, parler moins d'économies et en faire réellement.

Le passé est le passé ; il a fait son temps. On tient le présent, qu'on l'améliore. Ce n'est pas en s'arrêtant à chaque pas pour regarder en arrière, que l'on fait du chemin. Si donc on n'a pas la force de vouloir et le courage d'opérer les réformes indiquées ; si l'avenir du pays n'entre pour rien dans les préoccupations du présent, alors qu'on en finisse une bonne fois avec les déchéances de pouvoirs, dont on se donne si souvent le dangereux passe-temps, et qu'on proclame la déchéance de la race.

On me répondra, je le sais, que sous le gouvernement Domingue, toute critique de l'emprunt de 3 millions de piastres pouvait avoir pour conséquence la mort, ou tout au moins la confiscation de la liberté de l'audacieux qui se la serait permise.

Une telle réponse ne saurait être prise au sérieux.

Presque tous nos grands écrivains, nos savants économistes, nos hommes politiques les plus vigoureux et les plus résolus, étaient à l'abri à l'étranger, ils n'ont pas pu écrire, faire entendre quelques vérités utiles, et ils ont pu organiser les moyens de venir, et ils sont venus, en effet, attaquer le lion jusque dans son antre?

Mais qui donc a été persécuté ou même inquiété, lorsqu'en pleine Chambre cet emprunt vraiment désastreux a été dénoncé aux représentants de la nation par ceux qui voient aujourd'hui leurs propres biens séquestrés?

Ce n'est donc pas dans ce qu'on dit, mais plutôt dans ce qu'on ne dit pas (et pour cause), qu'il faut aller chercher la raison du silence gardé sur cet emprunt de 3 millions de piastres.

La maison de commerce qui avait contracté avec le gouvernement était la plus florissante d'Haïti; elle venait à chaque heure du jour en aide au trésor obéré, par des prêts de la main à la main, moyennant, il est vrai, certains avantages qui rendaient très-fructueuses ces opérations qu'en termes d'argot commercial on appelle *des petites broches*. Et comme dans notre pays, ministres, sénateurs, députés, magistrats, les plus minces garçons de bureaux, tout le monde est commerçant, exerce une industrie, fait un trafic quelconque, personne n'était assez osé pour attaquer l'entreprise d'une maison qui, par son influence et l'étendue de ses relations, pouvait le ruiner en lui refusant ses traites sur l'Europe, dont elle avait en quelque sorte le monopole, en lui retirant tout crédit ou en donnant sur sa situation à l'étranger des renseignements déplorables, mais exacts : voilà la vérité vraie.

Si vous daignez, Messieurs, vous donner la peine de

jeter un coup d'œil sur le rapport adressé le 12 juillet 1875, par le Crédit général français à MM. Sievers et Silvie, et dont copie a été, dans le temps, envoyée au secrétaire d'Etat des finances, vous y verrez dans quelles circonstances s'est effectuée l'émission de l'emprunt, ainsi que les causes diverses qui en ont entravé le succès complet. Quoi qu'on en puisse dire, il reste établi que jamais opération financière n'a été exécutée avec plus de loyauté; les grands établissements de crédit auxquels s'adressent les États qui contractent en France des emprunts, se font même aujourd'hui une loi de suivre la voie tracée par le Crédit général français. Mais tout ceci n'a trait qu'à ses relations avec sa clientèle ordinaire et le public en général.

Dans ses rapports avec les porteurs du contrat, ou plutôt avec le gouvernement d'Haïti, le Crédit général français n'a pas fait preuve de moins de loyauté. Il a été même au delà de ses obligations, en payant, avant l'émission de l'emprunt, 1,100 mille francs, sur une simple traite du gouvernement.

Ne perdez pas de vue, Messieurs, qu'il ne s'agit en réalité ni de 50, ni de 60 millions de francs, ainsi que vous vous en convaincrez à la lecture du rapport du 12 juillet, ni des grands travaux d'utilité publique, compris pour 15 millions de francs dans le contrat, et qui en ont été écartés en présence des exigences tenaces du délégué du gouvernement, exigences auxquelles n'ont pas voulu souscrire le Crédit général français et les cessionnaires de l'emprunt.

Mais les adversaires très-intéressés de l'emprunt ne reculent devant aucune manœuvre; car, exploitant la crédulité des gobe-mouches transatlantiques qui s'en font les échos inconscients, ils changent les francs en piastres, et quintuplent par cette misérable ruse, la terreur qu'inspirent à leurs naïfs lecteurs les gros chiffres, surtout lorsqu'il s'agit de les payer.

Ainsi que je vous l'ai dit précédemment, Messieurs, je n'ai l'habitude de décliner la responsabilité d'aucun des actes de ma vie. J'ai donc accepté, et la Chambre avec moi a accepté l'emprunt, comme bon en soi et profitable au pays ; mais que, sous prétexte que je devais savoir en quelles mains allait tomber cet emprunt, on veuille étendre cette responsabilité jusqu'à l'emploi qui en a été fait, alors que l'administration en était confiée à des Secrétaires d'Etat, sous le haut contrôle des Chambres, c'est aller trop loin, c'est chercher à lancer le pays dans des aventures désastreuses, et poser un principe dont les conséquences seraient plus désastreuses encore. Que Dieu en garde la pauvre Haïti ! Sa miséricorde l'a déjà préservée de bien des maux; qu'elle daigne encore cette fois ne pas la laisser se fourvoyer au point de tomber dans une pareille erreur !

Après le rapport du 12 juillet, vous avez la lettre du 16 du même mois, où se trouvent minutieusement détaillées les causes particulières du quasi-insuccès de l'emprunt, et sévèrement jugée la conduite de celui qui l'a provoqué; — Enfin le compte du gouvernement d'Haïti au Crédit général français.

Les chiffres sont des chiffres, ils ont leur éloquence. Ce sont là des documents qu'on aurait dû consulter avant de proclamer sur tous les tons que le produit de l'emprunt avait été absorbé par des intrus.

Ne croyez pas, du reste, Messieurs, que je m'étonne de cette imputation étrange en apparence. Un illustre chef de division des relations extérieures d'Haïti ne s'était-il pas imaginé qu'un chef de légation avait pu négocier, sur la place de Paris, des traites que lui avaient adressées son gouvernement, endossées à l'ordre du ministre des finances de France? Tant il est vrai qu'il n'y a pas de grosses sottises qui ne trouvent des imitateurs!

Vous sentez, Messieurs, de quelle prudence doit s'armer tout homme revêtu du pouvoir pour ne pas s'exposer à accuser légèrement un citoyen qui a joui jusque-là de la réputation d'honnête homme, et qui s'efforce de la justifier; pour ne pas céder trop facilement aux incitations de gens, peut-être aigris par l'infortune, et qui, n'ayant jamais su gérer leurs propres biens, ne conçoivent pas que d'autres aient pu conserver les leurs et en acquérir de nouveaux sans le secours de moyens frauduleux et d'emprunts onéreux.

Je n'ignore pas que depuis la Révolution, certains, pour distraire l'attention publique de quelques méfaits à eux imputés et qui ont eu plus de retentissement qu'il n'était nécessaire à leur honneur, publient et expédient par chaque packet des diatribes contre ceux qui, selon eux, ont détourné à leur profit les fonds de l'emprunt.

Est-ce par patriotisme qu'agissent ainsi ces insulteurs sans vergogne? Il m'est permis d'en douter. Ce patriotisme est depuis longtemps jaugé. Et si dans tout le cours des négociations qui ont précédé l'émission de l'emprunt, ma maison a été soumise à un blocus effectif de la part d'Haïtiens, les uns renégats, les autres amateurs ou provocateurs de scandales, d'autres enfin ayant eu maille à partir avec la justice, c'est qu'ils redoutaient soit de voir s'évanouir l'influence financière et ruineuse qu'ils exercent dans le pays, soit qu'ils étaient désespérés de n'avoir pu faire adopter leur propre projet d'emprunt, soit enfin de n'avoir pas à recueillir quelques bribes de l'emprunt qui allait être émis. Dans leur rage aveugle ils n'épargnent même pas leur propre patrie; et aujourd'hui encore, non contents de dénoncer clandestinement au nouveau pouvoir, les personnes, ils travaillent à démolir le crédit de la République. Chose étrange et triste en même temps! ce sont les étrangers qui ont défendu et qui continuent de défendre Haïti contre ses propres enfants dénaturés! Les fils de Noé marchaient à reculons pour aller couvrir la nudité de leur père; ceux d'Haïti ne respectent même pas le voile qui cache le sein de la mère qui les a nourris!

Voilà, Messieurs, ce que j'avais à dire sur l'emprunt. Mais je ne terminerai pas sans vous faire une prière: c'est d'imprimer toutes les lettres que je vous adresse et que je me propose de vous adresser, comme on fait de celles que j'ai écrites dans le temps à certain membre du gouvernement déchu. Ainsi autorisé par moi, personne ne méritera le reproche d'avoir commis un acte qui, dans la vie privée — et pour n'être pas qualifié trop sévèrement — serait appelé indiscrétion, et dans la perpétration duquel perce une intention mauvaise et un sentiment qu'on ne s'attendait pas à trouver dans le cœur d'hommes qui aspirent à régénérer leur pays.

Je vous salue, Messieurs, avec une très-haute considération.

Linstant PRADINE.

TROISIÈME LETTRE

Paris, le 22 juin 1576.

Aux mêmes.

MESSIEURS,

Je reviens, ainsi que je vous l'avais promis, au Décret du 27 avril 1876, qui me « met en accusation, » saisit et met provisoirement sous séquestre mes biens » tant meubles qu'immeubles *pour faits de détourne- » ments des deniers publics.* »

Je m'efforcerai d'apporter dans cette lettre la même modération de langage que j'ai mise dans celles que je vous ai précédemment adressées. C'est une nouvelle épreuve à laquelle je soumettrai ma patience, car mille suppositions ont traversé mon esprit à la lecture de cet acte inique ; et, je le confesse, aucune d'elles n'a été favorable à l'intention qui y perce, ni au sentiment dont les auteurs se sont inspirés en le rédigeant.

Détournements des deniers publics!... Mais comment la plume ne vous est-elle pas tombée des mains lorsque vous écriviez ces mots malheureux qui hurlent de se trouver accolés à mon nom ?

Détournements des deniers publics! .. De quelle langue malencontreuse vous servez-vous donc, Messieurs, pour exprimer votre pensée ? Pour détourner les deniers publics, il faut tout au moins les avoir eus à sa disposition, en avoir eu le maniement, le dépôt, l'emploi comme fonctionnaire, employé, etc., etc. M'avez-vous connu occupant une place quelconque qui justifie ou explique une accusation si odieuse, que la loi punit sévèrement lorsqu'elle se produit dans le cours ordinaire de la vie privée? Je vous le dis en vérité, dans les pays policés, la haute position que vous occupez ne vous mettrait pas à l'abri de poursuites judiciaires pour ce fait.

L'enthousiasme révolutionnaire et la probité à l'antique dont je veux bien vous croire pénétrés, vous autorisent-ils à sauter à pieds joints sur les lois fondamentales de toute société civile, en portant, avec un si déplorable sans gêne, atteinte à l'honneur, à la réputation d'un citoyen dont toute la vie privée ou publique donne à votre assertion le démenti le plus énergique?

Sur quoi vous fondez-vous pour être si affirmatifs? Est-ce sur la vérification préalable de la comptabilité financière de la République? Vous n'avez pas eu le temps de la faire; et puis, vous en avez perdu l'occasion en laissant échapper ceux-là mêmes à qui la Constitution imposait le devoir de rendre compte de leur gestion administrative: donc, sous ce rapport, votre accusation est prématurée, elle est sans base, par conséquent elle est coupable.

Est-ce sur la notoriété publique? La contexture de votre Décret ne le fait pas supposer; car ces mots placés dans le premier paragraphe du préambule de ce Décret, semblent plutôt s'appliquer aux comptables de l'administration. Encore si vous en étendiez le sens aux secrétaires d'Etat, et hauts fonctionnaires dans l'ordre administratif, on le comprendrait; tous ceux-là ont eu le maniement des fonds de l'Etat; ils ont pu en mésuser, et dans leurs agissements, faire naître des mécontements qui se produisent aujourd'hui au grand jour, et auxquels vous donnez la qualification de notoriété publique. Suis-je dans aucune de ces catégories ? Personne n'oserait l'affirmer. Ce qui est de notoriété publique, c'est que je n'ai jamais ambitionné ni recherché des fonctions dans l'Etat, parce que

Je ne me trouve point les vertus nécessaires
Pour y bien réussir et faire mes affaires;

c'est que j'en suis toujours sorti plus obéré que je n'y étais entré. Je les ai quittées toutes les fois que je n'avais trouvé aucun moyen d'y être utile. J'ai toujours pensé, et je pense encore, qu'il est d'un malhonnête homme de persister à garder une place rien que pour les médiocres avantages qu'il en retire, alors qu'il pourrait, par un travail honnête, en obtenir de plus sûrs et de plus durables, tout en conservant sa liberté et son indépendance.

Si donc, malgré tout cela, j'ai détourné les deniers publics, je ne suis plus qu'un voleur vulgaire, passible du droit commun, et mon nom n'avait que faire dans votre Décret. Le conseiller chargé de la justice n'ignorait pas la procédure prescrite en pareil cas et les obligations qui en découlent ; il n'en a tenu aucun compte. Aux honnêtes gens à juger alors la voie dangereuse qu'il vous a laissés prendre.

Mais prenez garde, Messieurs ! la notoriété publique est une de ces armes à deux tranchants qui blessent souvent la main maladroite qui s'en sert. Elle est, en politique, proche parente de la raison d'Etat, qui est la raison des gouvernements qui n'en ont pas de bonnes. Il peut s'en former une partout où existe une réunion d'hommes, une société organisée, à Paris comme à Pestel ou au Petit-Trou Baradères. Et si je voulais, à mon tour, l'invoquer, je vous dirais par exemple, qu'à Paris, la notoriété publique prétend, qu'au moment où il se plaignait le plus amèrement du pillage du trésor, le gouvernement provisoire a fait à un de ses amis, chef d'une maison de commerce à l'étranger, remise de traites pour une somme de 600,000 francs qu'elle devait à la République ; et elle se livre, à ce sujet, à toutes sortes de commentaires ; elle trouve — toujours cette même notoriété publique — que cette somme serait aussi bien, sinon mieux employée, au soulagement des malheureux fonctionnaires à qui il est dû plusieurs mois d'appointements : voilà où conduit immanquablement l'imprudent emploi de ce moyen.

Je ne rapporte ce fait que pour vous faire toucher au doigt et à l'œil le danger d'invoquer en matière politique, et dans la haute sphère où vous êtes placés, la notoriété publique. Je n'approuve ni ne blâme qui que ce soit : ce sont objets complétement étrangers à mes occupations habituelles ; car, à tout prendre, si le gouvernement provisoire n'a pas fait la remise des traites dont on s'entretient ici, il a été calomnié ; mais il n'a pas à s'en plaindre : *patere legem quam ipse fecisti*. Si au contraire il a, dans sa sagesse, crû devoir la faire, c'est sans doute à bon escient, c'est que son patriotisme lui en a démontré l'utilité nationale; c'est enfin qu'il est persuadé que sans être obligé de s'adresser à un crédit général français quelconque, il trouvera des amis — peut-être celui-là même à qui la remise des traites est supposée avoir été faite — qui lui prêteront sans intérêts les sommes nécessaires à la marche du service. Bien présomptueux serait celui qui essaierait de plonger ses regards dans les profondeurs des secrets de la politique haïtienne ! !

Mais les pessimistes qui forment le noyau malveillant de cette notoriété publique, ne se tiennent pas pour battus. Ils croient trouver dans le *sans intérêts* des amis du gouvernement provisoire, un écho du *Sans dot* de la fille d'Harpagon ; il prétendent même que le bon marché en a ruiné plusieurs, et citent à ce propos le fait d'un jeune homme qui, ayant été, par économie d'un employé, admis sans titre et sans appointements, à la douane du Port-au-Prince, avait trouvé moyen de s'y faire 200 gourdes par mois, au moyen de certaines opération appelées *barbes*, qu'on lui confiait pour lui *faire acquérir la triture des affaires administratives.*

Avouez donc, Messieurs (et cet aveu ne doit pas vous coûter), avouez que votre Décret du 27 avril ainsi que l'accusation gratuite qu'il contient contre moi, est le fruit d'une précipitation déplorable, et les honnêtes gens vous sauront gré de cette franchise. Et veuillez remarquer en même temps que je ne conteste pas ici votre droit de faire de pareils actes, droit dont il me serait facile de prouver l'inanité à tout esprit impartial. Mais je passe, pour consigner ici une réflexion qui a son opportunité.

Il y en politique une chose dont on doit se garder avec soin : c'est de commettre à son tour les fautes mêmes que l'on a reprochées à ses ennemis. Ceux du général Domingue avaient prédit qu'une fois au pouvoir, il en laisserait l'entier exercice à son neveu, et qu'il se bornerait à sanctionner tout, à la façon de ces magots de porcelaine qu'on représente donnant des signes perpétuels d'assentiment ; enfin que la liberté de chacun serait toujours en question.

La prédiction s'est vérifiée de point en point : sous ce neveu, personne ne pouvait calculer la durée de sa liberté individuelle. Vous en savez quelque chose, Messieurs, et ce fut l'un des griefs de la révolution qui vient de renverser ce pouvoir hybride.

Je n'ai pas l'honneur de connaître personnellement les membres du gouvernement provisoire ; je ne crois pas avoir eu occasion de parler deux fois en ma vie au général B. Canal ; je n'ai jamais vu le général Tanis, et le père du général Hippolyte m'honorait de son amitié, ce dont il était très-avare. Mais j'ai admiré la descente effectuée au Port-au-Prince, fait d'armes qui suffit à illustrer tous ceux qui y ont pris part. J'ai été touché de la modestie avec laquelle, pouvant prétendre aux plus hauts emplois dans la République, le général B. Canal a repris ses travaux champêtres où est venu le chercher le sénatoriat qu'il n'avait pas ambitionné ; j'ai su son énergie à résister à l'ordre d'arrestation lancé contre lui, arrestation dont les conséquences étaient prévues. — J'ai, d'un autre côté, entendu parler de la conduite du général Tanis à Jacmel durant la lutte contre Salnave, et la part qu'il a prise au mouvement dont le résultat final a été la chute de Domingue. J'avais entendu vanter la modestie du général Hippolyte, son amour de l'ordre ; je n'en fus pas surpris : il est fils de son père.

Pourquoi faut-il que j'aie tant à rabattre de l'admiration que m'inspiraient toutes ces qualités ? Car sachez-le bien, Messieurs, on n'a pas droit à la faveur et à la considération publiques, seulement parce qu'on a montré du courage devant l'ennemi ; parce qu'on a su affronter la mort plutôt que de laisser entamer sa liberté individuelle; parce qu'on a mieux aimé reprendre les rudes travaux de champs que de servir un gouvernement qui n'avait pas sa sympathie ; parce qu'on a pris l'initiative d'une levée de boucliers contre le despotisme, parce que enfin on n'a jamais rien fait qui pût troubler l'ordre public. Tout cela est quelque chose, sans doute ; mais il est d'autres vertus qu'on exige de ceux qui ont charge d'âmes, qui ont brigué ou accepté la mission de régir l'Etat, parce qu'ils sentaient en eux le feu sacré, de ceux que les anciens appelaient *Pasteurs des peuples*. Entre autres devoirs qu'impose cette situation délicate, on compte habituellement le respect de la liberté individuelle et le soin de n'y porter ou de n'y laisser porter aucune atteinte ; car étant plus immédiate, cette atteinte soulèverait plus vivement les haines, blesserait l'orgueil humain et créérait le désir de la vengeance. Et cependant voilà ma liberté individuelle gravement attaquée par vous, dans mon honneur et dans ma réputation qui en sont les parties intégrantes ; voilà mes biens tant meubles qu'immeubles saisis et séquestrés pour un fait purement imaginaire que vous avez été dans l'impossibilité de motiver légalement. Qu'aurait fait de plus le neveu du général Domingue ?

Un citoyen d'Haïti, le général Salomon se figure que la révolution qui avait renversé un pouvoir insensé, lui ouvrait les portes de la patrie. Il y revient ; vous n'invoquez contre lui aucun empêchement légitime ; vous lui reconnaissez, au contraire, tous les droits inhérents à sa qualité d'Haïtien libre. Mais un rassemblement se forme devant sa demeure ; il s'en plaint. Le gouvernement provisoire impuissant à protéger M. Salomon invoque contre

lui ce rassemblement même, et l'engage à regagner au plus vite la terre étrangère. Si Septimus Rameau avait, de son temps, commis un pareil attentat à la liberté individuelle, n'aurait-on pas considéré cet acte comme une manœuvre électorale ; et n'aurait-ce pas été un argument de plus en faveur de la révolution ?

Je n'ai pas la prétention de défendre ici M. Salomon ; il possède pour le faire lui-même la parole et la plume ; mais je vois dans ce qui s'est passé une pure question de principe ; et tout principe attaqué doit être défendu, dût le défenseur être accusé d'être l'ennemi du pouvoir établi.

Et dire que depuis 1843, chaque gouvernement régénérateur qui surgit est plus pressé d'imiter le mal qu'a fait le gouvernement précédent, que d'adopter et de continuer le bien qu'il y a trouvé ! Ainsi la liberté individuelle était à chaque instant à la merci de Septimus Rameau, elle n'est pas plus respectée aujourd'hui.

La seule chose utile qu'ait entreprise le gouvernement Domingue est l'emprunt ; il n'a pu en faire un bon emploi. L'administration nouvelle au lieu de l'accepter et de l'améliorer en le rendant à sa véritable destination — ce qui lui est très-facile — le laisse, au contraire, attaquer, et elle contribue par là même à amoindrir encore, peut-être involontairement, le crédit du pays déjà si fortement endommagé.

Songez, Messieurs, songez à la patrie, cette mère dont les flancs sont périodiquement déchirés par nos luttes fratricides. Vous avez, je le présume, l'ambition des grandes choses ; vous ne pouviez les exécuter qu'en possédant le pouvoir suprême ; vous l'avez obtenu au prix de grands sacrifices. Justifiez cette noble ambition en administrant ce pays avec plus de sagesse que vos prédécesseurs. Moins de professions de foi auxquelles on ne croit plus; moins de manifestes révolutionnaires devenus aujourd'hui de pures amplifications de rhétorique ; mais plus de vérité dans les actes. Voilà ce que je vous souhaite ainsi qu'à la malheureuse Haïti.

J'ai l'honneur, Messieurs, de vous saluer avec une respectueuse considération.

Linstant Pradine.

QUATRIÈME LETTRE

Paris, le 15 juillet 1876.

Messieurs les Membres du Gouvernement provisoire, Port-au-Prince.

MESSIEURS,

Vous avez dû remarquer que dans toutes les lettres que jusqu'à ce jour j'ai eu l'honneur de vous adresser, je me suis attaché à ne rien dire qui eût l'ombre même d'une justification. J'ai voulu vous laisser le temps de faire un retour sur vous-mêmes et de vous apercevoir que votre zèle révolutionnaire vous a rendus victimes involontaires d'une mystification, et que vous avez frappé à gauche. Car pour me justifier, il aurait fallu que j'eusse été accusé: je ne l'ai pas été. Pour accuser, il aurait fallu une instruction préalable. Or, vous n'avez pas eu le temps de rassembler, dans un examen de la comptabilité financière de la République — ce qu'exigeait le moindre souci de la justice et de l'équité — les moyens d'asseoir votre conviction. Aussi votre Décret du 27 avril n'est-il pas une accusation, il est un jugement de condamnation en forme: c'est donc à vous, mes juges — non à moi — à vous justifier de cette condamnation. La seule ressource qui me resterait dans cette conjoncture, serait d'en appeler au gouvernement provisoire, mieux informé, mais je ne l'emploierai pas; votre Décret doit rester et il restera comme un monument de honte pour ceux qui l'ont rendu; il doit rester et il restera comme un témoignage du respect des personnes et des propriétés, tel que l'entendent et le pratiquent les régénérateurs de 1876.

Voyez, Messieurs, où vous a conduits trop de précipitation patriotique : tout droit à la violation de la loi de votre origine, c'est-à-dire du Décret du 23 avril, du comité révolutionnaire; ce Décret vous a tracé et limité vos attributions : il serait impossible d'y trouver le droit de rendre des jugements arbitraires sous forme de décrets ou autrement.

Je vous l'ai dit, Messieurs, c'est un malheur, en politique surtout, de commettre soi-même les fautes que l'on a reprochées à ses adversaires ou à ses ennemis. Vous avez accusé Septimus Rameau d'avoir le premier violé la Constitution que lui-même avait faite; et vous, qui êtes chargés de redresser les torts du gouvernement précédent, vous ne vous êtes pas montrés plus scrupuleux observateurs des principes au nom desquels vous avez pris les armes! Le titre de révolutionnaire n'a jamais eu la vertu de rendre licites les actes que la conscience et la morale universelle ont toujours condamnés.

Vous avez, il est vrai, déclaré que je *suis mis en accusation*, etc.; mais c'était plutôt pour paraître respecter les formes protectrices de la liberté individuelle, car je trouve dans cette précaution même le vice de votre Décret. En effet, comment formuler légalement une mise en accusation, en l'absence d'une instruction faite avec les solennités prescrites par les lois du pays. Je suis accusé publiquement, par acte officiel, d'avoir détourné des deniers publics, vous n'en savez absolument rien; vous n'avez pas entendu, vous n'avez pas réuni, confronté les témoignages ; vous n'avez pas jeté le moindre coup d'œil sur les comptes de l'administration. Je ne suis ni employé, ni fonctionnaire, je croyais même que le titre de *n'être rien*, était une garantie d'oubli, et voilà que vous faites de moi quelque chose, afin de m'accuser. Cela n'est pas sérieux, cela est honteux, méchant, inique. Et si, à mon tour, je vous disais pourquoi vous vous êtes livrés si lestement à cette mauvaise plaisanterie, vous en resteriez étonnés. Mais d'autres vous le diront un jour.

Privés de motifs même plausibles d'accusation, vous avez invoqué la pire de toutes : la notoriété publique. Vous savez ce que j'en pense.

Mais n'est-ce pas le cas de se demander avec Basile : « Qui trompe-t-on ici? » Quoi ! vous condamnez tout d'abord, et vous invitez la victime à venir se faire juger ! Vous vous dites gouvernement, et vous agissez révolutionnairement ; et c'est dans cette promiscuité que vous prétendez faire trouver des garanties de protection et d'impartialité. Vous outre-passez les attributions qui vous sont conférées, et vous croyez par là inspirer de la confiance en votre justice? Mais vous vous êtes dit que parmi tous ces exécutés sommaires, il y en a qui ne se laisseront pas prendre à la glu de vos promesses ; ils se diront de leur côté : « ce bloc enfariné ne nous dit rien qui vaille, » et ils se tiendront coi : d'où leur culpabilité reconnue par leur silence et leur abstention. Le moyen n'est pas nouveau. Le 20 juin 1845, « en vertu des » ordres du président d'Haïti, dont *les vœux tendent à* » *la clémence et à l'affermissement de la tranquillité et* » *du bon ordre sur les bases les plus durables*, » (vous voyez que vous n'avez rien inventé), il est accordé à huit citoyens dénommés dans l'Ordre du jour, un mois pour venir se faire juger par un conseil spécial séant à Port-au-Prince. Or, les uns étaient en Europe, les autres étaient errants dans les colonies avec lesquelles nos relations étaient rares. Comment pouvaient-ils profiter de la faveur qu'on leur offrait? L'observation en fut faite au ministère. Bref, les malheureux, pour *n'avoir pas voulu* répondre au bienveillant appel du Président d'Haïti, furent définitivement bannis du territoire de la République, et ordre fut donné, s'ils rompaient leur ban, de leur courir sus. C'était ce qu'on voulait : la farce était jouée.

Qu'en dites-vous, Messieurs? Eh bien, à trente et un ans de distance, exécuteurs et victimes disparus, la régénération plus jeune, plus avancée, se livre néanmoins, sans variante, à la même hypocrisie de moyens, et croit faire du neuf.

Vous invoquerez peut-être les circonstances atténuantes : votre bonne foi surprise, la pureté des intentions, que sais-je? que vous, les premiers, ne croyez pas un mot de ce que contient, à mon endroit, votre Décret, et que vous avez été les derniers à savoir que mon nom y figurât en quoi que ce fût.

Il m'importe peu que vous ayez ou non lu votre Décret; mais mon nom s'y trouve, accompagné d'imputations graves, compromettantes : voilà ce qui m'importe et ce dont je vous rends responsables. Votre Décret n'a aucun motif sérieux. En résumé, de tout cet échafaudage de grands mots, que reste-t-il? Rien ; moins que rien, une mauvaise action. Mon nom a été jeté par vous en pâture à la malignité publique, dans le but de porter atteinte à mon honneur et à ma considération, d'exercer une basse vengeance dont vous n'osez avouer le motif. Le public et moi, Messieurs, nous attendons que vous le déduisiez franchement et ouvertement. C'est une satisfaction que vous me devez, que j'exige ; vous la devez également à vous-mêmes, afin de vous justifier du reproche de n'avoir pas mis dans cet acte le sérieux qu'on a le droit de demander à ceux qui ont promis solennellement de régénérer leur pays.

Voyez encore, Messieurs, dans quelles aberrations nouvelles vous ont jetés vos préoccupations révolutionnaires. Vous ne vous êtes pas contentés de rendre votre premier Décret du 27 avril; et comme une chute entraîne toujours une autre chute, vous avez, suivant le même ordre d'idées, rendu un autre Décret à la même date, où les principes les plus étranges sont invoqués contre les gens que voulait frapper votre haine ou tout autre sentiment mauvais. En effet, je lis dans ce second Décret, que la *révolution a pour mission de faire poursuivre les comptables qui ont détourné les deniers publics.* Cela n'est pas vrai, Messieurs; cette mission appartient à toute société organisée, au gouvernement provisoire comme à tout autre. Dans quel état, mon Dieu! serions-nous, s'il fallait une révolution pour faire poursuivre les comptables infidèles dont notre pays fourmille, et pour réprimer les abus !

Non ; les révolutions, telles qu'on les fait en Haïti, ont une autre mission : d'abord de se venger de ses ennemis ou de ceux que l'on croit tels, de prendre les places lucratives occupées par d'autres, de payer ses dettes, de se réhabiliter de certaines flétrissures infligées par les tribunaux criminels. Outre cette mission, la révolution a encore, selon vous, celle de *poursuivre tous ceux que la vindicte publique accuse d'avoir commis des crimes et délits politiques.*

C'est ici, Messieurs, que je vous crie plus fort : « Prenez garde ! » la vindicte publique en temps de révolution ! Y avez-vous bien songé ? Mais c'est la vendetta prônée et encouragée, c'est l'insurrection à l'ordre du jour. C'est votre arrestation, votre bannissement, le bombardement et le pillage de vos maisons, l'exécution sans jugement de vos amis, les assassinats dans les rues ; c'est l'anarchie la plus horrible, c'est à faire fuir Haïti comme une terre de désolation.

Mais parmi tous les noms qui figurent dans ce Décret, je trouve celui d'un jeune général dont les services rendus au pays ne seront jamais oubliés. Il n'a jamais été comptable, celui-là ; la vindicte publique ne peut l'accuser d'avoir commis *ni crimes, ni délits politiques.* Les champs de bataille des Cayes et de la Grand'-Anse protesteraient contre cette accusation.

A-t-il contribué *par des manœuvres frauduleuses et violentes au renversement de la constitution et des institutions du pays*? Non ; il a respecté celles qu'il a trouvées établies. Soldat, il a obéi à sa consigne ; il n'a pas eu à la contrôler. Il n'a outre-passé aucun ordre, mais il a servi le gouvernement que vous avez renversé ; n'est-ce pas ce que vous voulez punir en lui ? Du moment que vous frappez la fidélité, vous sanctifiez, par contre, la trahison, oubliant que la trahison, de quelque masque qu'elle se couvre, est toujours une action honteuse, méprisable, odieuse, que l'on récompense quelquefois par de l'argent, jamais par les honneurs. Pensez-vous qu'il y ait société possible avec de tels principes ? ne voyez-vous pas que vous sapez à sa base l'ordre des choses dont vous rêvez l'établissement?

Dans les pays civilisés, le parti triomphant se borne à priver de son commandement l'officier militaire qui l'a combattu : c'est de bonne règle, à moins qu'il n'ait commis quelque crime ou délit de droit commun. Mais en Haïti on a perfectionné tout cela. Servir un gouvernement qui n'a pas su vaincre ses ennemis! Rien que la mort... vous savez le reste. Je ne crains donc pas d'affirmer, Messieurs, que votre second Décret du 27 avril, et les principes que vous y avez insérés, est l'acte le plus dangereux qui soit sorti du cerveau des révolutionnaires haïtiens. C'est la conséquence logique et fatale de nos continuelles guerres intestines; il renferme dans ses flancs la mort du pays, et la postérité se chargera de le qualifier comme il le mérite.

J'ai l'honneur d'être, Messieurs, votre très-humble serviteur.

Linstant Pradine.

Paris, le 1er juillet 1876.

A monsieur le Rédacteur du journal le *Constitutionnel* à Port-au-Prince.

MONSIEUR LE RÉDACTEUR,

Je ne sais, si depuis votre arrivée en Haïti, dans le noble but d'y travailler à la diffusion des lumières, vous avez remarqué une tendance déplorable qui est pour moi un signe caractéristique du temps, et une preuve irréfragable de l'abaissement du niveau moral du pays. Je veux parler de la légèreté, du laisser-aller avec lequel on franchit les bornes des convenances que les nations civilisées se font une règle de respecter. Vous-même, vétéran du journalisme haïtien, qui en connaissez les priviléges et les devoirs, vous n'avez pas su résister à ce funeste entraînement. Vous n'avez pas reculé devant la publication, sans mon assentiment, d'une lettre que j'avais adressée le 16 juin 1875, à tout autre qu'à vous. Certes vous n'auriez pas commis à la Martinique, votre pays natal, cet acte réputé coupable aux yeux des hommes de bien. Quoi qu'il en soit, et comme je n'ai pas l'habitude d'envelopper d'ambages et de circonlocutions l'expression de ma pensée, je parle hardiment et j'appelle un chat un chat. C'est assez vous dire que je n'ai rien à rétracter de ce que contient cette lettre. Vous avez été plus loin, vous en avez fait précéder l'insertion de quelques mots sur *les bons services que j'ai rendus au pays*. Enfin mettant le comble à cette indiscrétion et comme aggravation préméditée de la faute, vous avez trouvé de bonne malice de substituer à la forme intime et familière du tutoiement que j'ai constamment employée dans ma correspondance avec M. Septimus Rameau, une autre plus solennelle, croyant lui donner par là un caractère officiel.

De deux choses l'une : ou cette métamorphose a eu lieu volontairement, de propos délibéré et dans le dessein de nuire, ce qui me surprendrait, car je ne vous ai jamais connu méchant, et vous n'avez aucune raison de l'être envers moi : le patriotisme même, s'il n'est pas frelaté, n'autorise point l'injustice. Ou vous n'en avez pas vu l'original et vous avez imprimé sur une copie inexacte : vous avez alors manqué aux obligations les plus élémentaires de votre état.

Ne pensez-vous pas que vous auriez, de votre côté, rendu un bon service à votre patrie adoptive, si vous vous étiez abstenu de vous livrer à cette fantaisie d'un goût plus que douteux, et que la morale publique rejette toujours avec indignation ?

Quant aux bons services que j'ai pu rendre à mon pays, vous en savez peu de chose ; et lorsque j'ai commencé cette carrière ingrate, vous étiez encore à la Martinique, ne songeant à rien moins qu'à venir en rendre de meilleurs à la République d'Haïti. D'ailleurs ces bons services, qui ne m'ont encore procuré aucun profit, se bornent à ceci : de n'avoir jamais ni intrigué pour avoir une place dans l'Etat ; ni conspiré après avoir perdu celle que j'occupais ; ni flatté aucun pouvoir debout ; et je n'ai jamais, comme l'âne de la fable, donné le dernier coup de pied au lion tombé.

Mais à vos yeux ces bons services c'est la part que

vous supposez que j'ai prise à la nomination du général Domingue. Eh bien, je ne suis ni assez égoïste, ni assez présomptueux pour me les attribuer exclusivement; le pays tout entier, y compris vous, les partage avec moi; car à l'exception du petit nombre des patriotes qui ont préféré aller à l'étranger attendre des temps meilleurs, quel est l'Haïtien qui n'ait salué, accepté, cette nomination? Vous n'avez pas, il est vrai, suivi à l'étranger ces patriotes : vous aviez pour cela vos raisons; mais vous n'avez d'aucune façon protesté, ni manifesté votre mécontentement, et si on l'avait voulu, vous eussiez continué à être le rédacteur en chef du *Moniteur*, jusqu'au jour où le peuple fatigué se serait débarrassé du Gouvernement qui le gênait. Du reste, vous n'auriez pas été le premier qui eût agi avec cette prudence; les palinodies ne sont pas plus rares chez nous qu'ailleurs, et le cri de vive le roi! vive la ligue! poussé à propos, n'a jamais manqué de produire les mêmes effets avantageux, sous les latitudes les plus différentes. Je dis plus : j'affirme que depuis 1843, les réformateurs haïtiens n'ont fait autre chose que de rendre à leur pays des services aussi appréciables que ceux auxquels vous faites allusion. Les patriotes qui ont renversé Boyer, qui ont nommé Rivière, Pierrot, Soulouque, Geffrard, Salnave et qui sait? Nissage lui-même — vous êtes en trop beau chemin pour oublier celui-là — n'ont-ils pas autant que moi droit à votre reconnaissance? Quelques notions de l'histoire de votre pays d'adoption n'auraient pas nui à la thèse que vous avez choisie. Demain peut-être, quelque confrère en journalisme vous félicitera d'avoir aussi rendu au pays des services pareils; Patience!

En employant le vieux cliché: « *On nous demande*

l'insertion etc. » vous paraissez vouloir décliner l'initiative de l'acte que je vous reproche ici ; mais votre responsabilité n'en est pas moins engagée par cette insertion même, car vous n'étiez pas forcé de la faire. Et certes vous ne vous y seriez pas soumis avec un si humble empressement s'il s'était agi de tout autre ayant aujourd'hui pouvoir. Mais tous les gens querelleurs, jusqu'aux simples mâtins, sont à cette heure pour vous de grands saints, sauf en temps opportun, à crier haro sur eux et à leur jeter à la face un compliment à double sens comme celui dont vous m'avez gratifié.

Nul n'est forcé d'être journaliste ; mais lorsqu'on a choisi librement cet état, on est censé en connaître tous les devoirs et disposé à les observer. Vous y avez manqué, Monsieur, en rendant publique une lettre qui ne vous était pas adressée, et qui, en fussiez-vous le destinataire, ne pouvait être publiée sans mon autorisation ; vous avez enfin violé le secret des lettres. Ecoutez, à ce sujet, ce que dit un arrêt d'une Cour de justice de France :

« L'inviolabilité du secret des lettres est un principe » de haute morale et d'ordre public qu'une jurisprudence constante a consacré. En effet, le destinataire » d'une lettre confidentielle n'en est pas le propriétaire » absolu, et ne peut en disposer sans le consentement » de celui qui l'a écrite ; autrement ce serait abuser de » la confiance de celui-ci, jeter l'inquiétude dans les » relations de la vie privée, briser un des liens puissants » de la famille, et souvent en compromettre la paix et » l'honneur, si l'on autorisait la publicité de faits destinés à rester secrets. Quels que soient les moyens à l'aide » desquels le tiers s'est procuré la possession des lettres » adressées à une autre personne, lors même que la

» remise en aurait été faite spontanément par le desti-
» nataire, la divulgation n'en serait pas plus licite. »

Ces principes sont aussi sacrés à Paris qu'à Pékin, à la Martinique qu'à Haïti. Pourquoi alors vous permettez-vous chez nous ce que partout ailleurs vous auriez évité avec soin? Et puisque l'on vous avait demandé l'insertion de cette lettre, pourquoi vous qui avez blanchi sous le harnais de la presse périodique, ne vous y êtes-vous pas refusé? Vous auriez par là donne une leçon de convenance à l'indiscret qui se serait oublié jusqu'à vous engager à commettre une action que vous saviez blâmable.

Je n'ai eu avec vous que des relations jusqu'ici agréables; je ne sais en quoi mes opinions politiques ont pu heurter les vôtres; j'ignore même si vous en avez. Votre zèle patriotique n'a jamais effrayé personne, et vous n'êtes pas de nature aggressive. Cependant c'est moi que vous avez choisi pour votre point de mire; je suis devenu votre dynamomètre, votre tête de Turc. Je m'abstiens de m'exprimer sur les motifs qui ont pu vous faire agir; je ne veux pas encourir comme vous, le reproche de juger témérairement. Je laisse au public de qualifier votre procédé, et je me contenterai de son verdict.

Je vous salue, Monsieur le Rédacteur en chef, très-sincèrement.

Linstant PRADINE.

Paris. — Imp. de E. DONNAUD, rue Cassette, 9.

www.ingramcontent.com/pod-product-compliance
Ingram Content Group UK Ltd.
Pitfield, Milton Keynes, MK11 3LW, UK
UKHW020212200726
13856UKWH00004B/1352

9 782012 396548